¡A PASEAR, HOMBRE MOSCA!

Tedd Arnold

SCHOLASTIC INC.

¡Pasea, Wally, pasea!

Originally published in English as *Ride, Fly Guy, Ride!*

Translated by Juan Pablo Lombana

ISBN 978-0-545-57100-5

12 11 10 9 8 7 6 5 4 3   13 14 15 16 17 18/0

Printed in U.S.A.   40
First Spanish printing, September 2013

Un niño tenía una mosca de mascota. La mosca se llamaba Hombre Mosca. Hombre Mosca podía decir el apodo del niño:

¡BUZZ!

Capítulo 1

Un día, el papá de Buzz dijo:

—¿Quién quiere ir a pasear en auto?

—¡Nosotros! —dijeron Buzz
y Hombre Mosca.

—¡Pónganse el cinturón de seguridad!
—dijo el papá de Buzz.

Y arrancaron con las ventanillas
del auto abiertas.

Buzz sacó la mano por la ventanilla y la movió como si fuera un avión.

De pronto, el viento se coló en el auto, se llevó a Hombre Mosca…

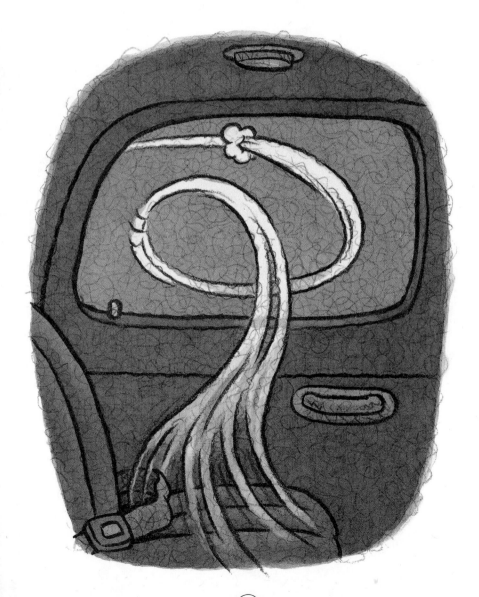

y lo lanzó hacia un
camión que pasaba.

Capítulo 2

—¡Sigue a ese camión!

—gritó Buzz.

Mientras tanto, en el camión, Hombre Mosca cayó en la boca del conductor.

El conductor del camión escupió a
Hombre Mosca por la ventanilla...

y lo lanzó hacia un
bote que pasaba.

—¡Sigue a ese bote! —gritó Buzz.

Mientras tanto, en el bote, Hombre Mosca vio que un señor ponía un insecto en un anzuelo.

Hombre Mosca saltó por la borda...

y cayó en un tren de
circo que pasaba.

—¡Sigue a ese tren! —gritó Buzz.

Mientras tanto, en el tren, Hombre Mosca sorprendió a un elefante medio dormido.

El elefante resopló y lo
lanzó fuera del tren...

hacia un avión.

—¡Sigue a ese avión! —gritó Buzz.

Mientras tanto, en el avión, el piloto vio a Hombre Mosca y encendió los limpiaparabrisas.

—¡Sigue a ese... digo, sigue a
Hombre Mosca! —gritó Buzz.

Justo
en ese
momento,
un cohete
despegó.

Capítulo 3

—¡Sigue a ese cohete! —gritó Buzz.

Buzz y su papá aterrizaron.

El cohete subió al espacio.

—¿Sobrevivirá Hombre Mosca?

—preguntó Buzz.

—¡Ahí estás, Hombre Mosca!
—gritó Buzz—. ¡No te fuiste
al espacio!

—Vamos a casa —dijo el papá de Buzz.
Y Hombre Mosca dijo:

¡A PAZZZZZEAR!